U0034799

阿茂的奇遇

與爺爺在蓮池潭的奇妙歷程

圖・文／李育任

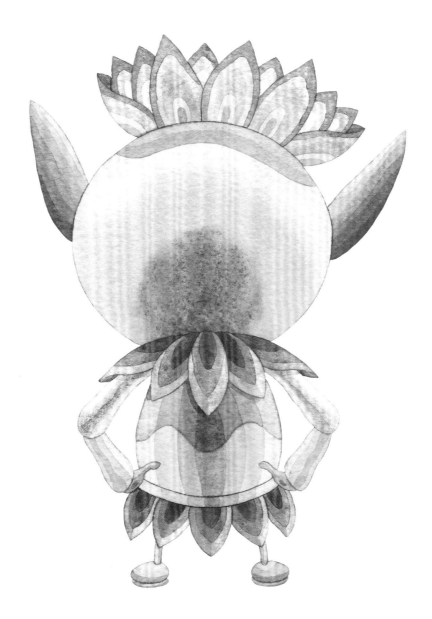

集夢坊

　　有ㄧ天ㄊㄧㄢ早ㄗㄠ上ㄕㄤ，　爺ㄧㄝ爺ㄧㄝ帶ㄉㄞ阿ㄚ茂ㄇㄠ到ㄉㄠ高ㄍㄠ雄ㄒㄩㄥ
市ㄕ左ㄗㄨㄛ營ㄧㄥ區ㄑㄩ，　蓮ㄌㄧㄢ池ㄔ潭ㄊㄢ旁ㄆㄤ邊ㄅㄧㄢ的ㄉㄜ哈ㄏㄚ囉ㄌㄨㄛ市ㄕ場ㄔㄤ逛ㄍㄨㄤ
街ㄐㄧㄝ買ㄇㄞ東ㄉㄨㄥ西ㄒㄧ。

因為阿茂肚子很餓，於是先到一家麵攤，點了碗麵吃。阿茂把背包放在旁邊的椅子上，就低頭專心地吃起麵來，爺爺則是到附近走走看看。

吃完後，阿茂卻發現背包裡的錢包不見了。那是媽媽送給他的生日禮物，而且裡面有很多錢，不知所措的阿茂當場哭了，心情很低落。

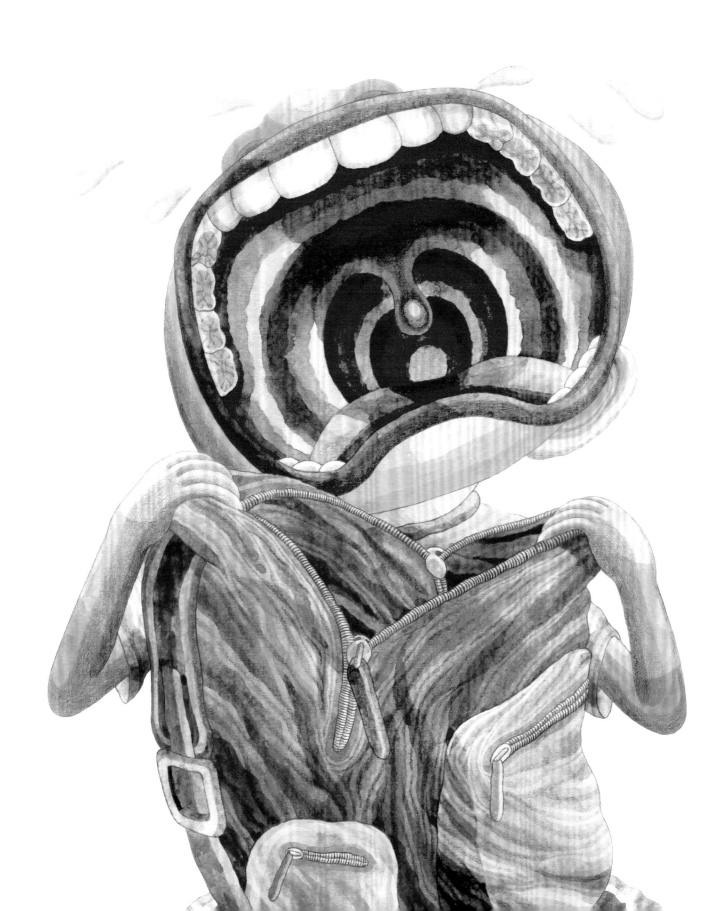

爺爺走過來問阿茂為什麼哭，阿茂回答他說錢包不見了。爺爺回想起剛才看到一個小男孩慌張地拿著一個東西朝蓮池潭的方向跑去，可能是他偷拿了阿茂的錢包。

錢包被偷走的阿茂很自責，淚水不停地流下來，爺爺露出慈祥的微笑，抱著沮喪的阿茂，安慰他要保持冷靜，不必灰心。

於是爺爺帶著阿茂到蓮池潭周圍的公園散心，想讓他低落的心情恢復平靜。

走著，走著，阿茂在蓮花池的旁邊看到一棵榕樹。這棵榕樹有一條形狀很特別的氣根，引起了阿茂的注意，他好奇地拉了一下這條氣根，榕樹承受劇烈搖晃，竟從樹洞裡掉出一顆蓮花苞，阿茂拾起花苞連忙跑去找爺爺，又驚又喜地把他看到的景象告訴爺爺！

爺爺聽了也覺得奇怪，樹洞怎麼會有蓮花苞？摸摸阿茂的頭，心想：「是誰把蓮花苞放在這裡呢？」然後接過阿茂手中的蓮花苞，將它放回樹洞口，順便觀察看看為何樹洞裡會有蓮花苞。

被爺爺放回樹洞的蓮花苞緩緩地打開，　冒出了一個小東西站在上頭說：「　是誰叫醒我啊？　」張開眼睛看到爺爺和阿茂，　才又接著說：「我是蓮花精，　不是一般的蓮花喔！　我可以離開蓮花池到任何地方，　難得我們有緣，　阿茂你的錢包不見了，　讓我協助你們找回來吧！　」說完就開始變身。

蓮花精變成了一隻蓮花鼠，而且把阿茂跟爺爺一起縮小，蓮花精說：「我們先從蓮池潭的景點仔細找起，看看小偷有沒有在那裡，縮小比較不容易被發現，坐到我的背上來吧！」祖孫就這麼坐在蓮花鼠的背上，感覺很奇妙。

蓮花精首先帶他們到一個可以看到兩座高塔的地方。

蓮花精說：「我們現在看到的是龍虎塔，左邊是龍禪塔、右邊則是虎禪塔，朝著塔前的九曲橋走去，就可以到達龍虎塔的入口了，我們過去看看吧！」

蓮花精走到龍的大嘴巴旁邊說：「這是龍虎塔的入口，我們進去找找看吧！」蓮花精帶著爺爺與阿茂在龍虎塔裡面仔細地找了一遍，然後從老虎的大嘴巴出口離開。

蓮花精接著帶爺爺與阿茂到春秋閣，這裡也有兩座塔，一塔是春閣，另一塔是秋閣，還有一個住了很多烏龜的半月池。

春秋閣的前端有一尊觀音騎龍聖像，龍的嘴巴就是入口，祂說：「我們進去找找看吧！」

快到中午了，一行人找得有點累，於是蓮花精帶爺爺與阿茂到視野開闊的五里亭休息。

在五里亭二樓，蓮花精給爺爺和阿茂一人一顆仙桃，祂說：「不要小看這顆仙桃，吃了之後馬上就可以恢復體力呢！」

休息片刻後，爺爺看到五里亭下面有一個男孩，手裡拿著阿茂遺失的錢包，爺孫倆人正想上前去追他，小偷看了阿茂一眼，心虛地把錢包往地上一丟，就逃走了。爺爺撿起錢包說：「可惜錢包裡面的錢都被拿走了。」

阿茂說：「沒關係，可以找到最心愛的錢包，我就很開心了。」

午後，蓮花精帶著爺爺跟阿茂爬到北極亭內玄天上帝像的緞帶上吹吹風，蓮花精說：「這尊北極玄天上帝像是目前東南亞最高的水上神像喔。」過了一會兒，蓮花精想到了一個點子。

我要變成一隻蓮花鴿，帶你們飛到空中，看看能不能找到小偷的蹤影。

蓮花精與祖孫倆人享受了自在飛翔的美好時光後，緩緩降落在一個巷子口。蓮花精說：「剛剛在空中的時候，我已經發現小偷就在這條巷子裡，接下來就看你們了，後會有期啦！」說完就踏著蓮花，飛離爺爺與阿茂的視線。

阿Y茂ㄇㄠˋ走ㄗㄡˇ進ㄐㄧㄣˋ巷ㄒㄧㄤˋ子ㄗ˙裡ㄌㄧˇ，馬ㄇㄚˇ上ㄕㄤˋ就ㄐㄧㄡˋ看ㄎㄢˋ到ㄉㄠˋ那ㄋㄚˋ個ㄍㄜˋ小ㄒㄧㄠˇ偷ㄊㄡ站ㄓㄢˋ在ㄗㄞˋ一ㄧ個ㄍㄜˋ攤ㄊㄢ子ㄗˇ前ㄑㄧㄢˊ。小ㄒㄧㄠˇ偷ㄊㄡ看ㄎㄢˋ到ㄉㄠˋ阿Y茂ㄇㄠˋ，慌ㄏㄨㄤ張ㄓㄤ地ㄉㄜˋ拔ㄅㄚˊ腿ㄊㄨㄟˇ就ㄐㄧㄡˋ跑ㄆㄠˇ，阿Y茂ㄇㄠˋ怎ㄗㄣˇ麼ㄇㄜ˙追ㄓㄨㄟ也ㄧㄝˇ追ㄓㄨㄟ不ㄅㄨˋ上ㄕㄤˋ。

還好爺爺早就站在路底擋住小偷，並且命令他還錢。小偷慚愧地把錢還給阿茂，低頭表示以後再也不敢了。爺爺看他有悔意，就沒再跟他計較。

被爺爺擋住的小男孩哽咽地說：「我叫阿偉，從小與奶奶相依為命，靠著資源回收我們才能勉強生活，寂寞時很想念先後離開家的爸爸媽媽。現在奶奶身體不太好，我想替奶奶分擔一些，卻又沒能力賺錢，不得已才會偷錢，但又覺得良心不安，所以不敢拿回家。奶奶對我的期望很高，請不要告訴奶奶好嗎？」說著說著就流下了眼淚。

爺爺與阿茂聽了阿偉的遭遇後，都很同情他。爺爺說：「我們一起去探望你的奶奶吧，看看有什麼可以幫得上忙。但是要答應我，不可以再偷東西了喔！」阿偉感激地看著爺爺，並且帶爺爺和阿茂回家看奶奶。

阿偉帶爺爺與阿茂回家陪奶奶聊天，爺爺鼓勵阿茂跟阿偉交朋友並多關心他與奶奶，還提供了一些幫助給阿偉的奶奶。直到天色漸黑，爺爺與阿茂才依依不捨地離開。阿茂說：「今天真是驚奇又有意義的一天，爺爺，我們下次要再來蓮池潭玩喔。」兩人相視而笑，踏著夕陽的餘暉回家。

阿茂的奇遇一、二集好評熱銷中

李育任

作者介紹

畢業於朝陽科技大學視覺傳達設計系，台灣師大設計研究所。居住在高雄市，希望立足台灣，放眼世界。

曾獲「2005彩繪海巡新世紀」海報比賽社會組第一名，97年度中華民國斐陶斐榮譽學會會員，「塞爾號」科學漫畫雜誌繪圖員，宜蘭縣立蘭陽博物館常設展指定插畫家，並以《阿茂的奇遇》一書入圍第23屆信誼幼兒文學獎。

facebook粉絲團：搜尋「阿茂的奇遇」

超越物種的關愛與力量

真情推薦

阿茂的奇遇
與台灣獼猴友情的歷險之旅

推廣尊重生命觀念，讓孩子了解人類與動物相互依存的關係，啟發孩子互助同理心的品德思維。

定價
280元

各位大朋友、小朋友，你們好：

我是阿茂，這次我跟爺爺到高雄左營的哈囉市場走一走，但是我的錢包在那裡被小偷偷了。

剛開始心情很沮喪，我以為我會難過很久，還好爺爺陪我走過這段低潮時間，並帶我到蓮池潭周圍散步，調整心情。在那裡，我們遇到了蓮花精，祂不只幫我們抓到了小偷、找回錢包，還帶我們好好地認識蓮池潭，我想我是因禍得福吧，哈哈。

其實阿偉的遭遇蠻可憐，他與奶奶相依為命，只是一時做錯了事，小朋友，你們身邊有沒有「隔代教養」的朋友啊？他們很優秀喔，我們一起來關心他們好嗎？　　　　阿茂

左營小史
（左衝鎮左營）

鄭氏時期

　　明朝末年，鄭成功從廈門、金門退守台灣，西元1662年驅逐荷蘭人後，以台灣為反清復明的基地，以承天府（今台南市赤崁樓）為中心，向南北兩路拓殖，向北為天興縣，南為萬年縣。

　　鄭成功在南路駐軍屯墾設衝鎮，包括：前鋒（今岡山區內）、後勁（今楠梓區內）、左衝（今左營區內）、右衝（今楠梓區右昌）、中權（今林園區內）。

承天府
（今赤崁樓）

左營小史（鳳山縣城） 清康熙時期

　　清朝康熙皇帝採納施琅建議，於康熙23年（西元1684年）將台灣納入版圖，設一府三縣，將鳳山縣城設在今左營舊城。

　　朱一貴事件後隔年，西元1722年築鳳山縣土城，清乾隆51年（西元1786年）天地會領袖林爽文起兵於中部，南路領軍莊大田響應起義，反抗清王朝在台灣的壓迫統治，釀成泉漳械鬥及閩粵械鬥，兩度攻破鳳山縣城，引起清王朝的驚恐，調兵鎮壓。

諸

羅

縣

台灣縣
●台灣府

鳳
●鳳山縣城
山
縣

左營舊城
遺跡（東門）

林爽文

左營舊城
遺跡（南門）

左營小史 （鳳山縣舊城） 清乾隆時期

乾隆 53 年（西元 1788 年）， 全台平定林爽文事件， 清政府重新評估防禦工事，西元 1788 年將縣城遷至埤頭街鳳山縣新城（今鳳山區）， 鳳山縣舊城今又稱左營舊城。

西元 1945 年後政府考量左營的歷史背景， 於是正式改名為高雄市左營區。現在的左營區蓮池潭一帶與鳳山區每年十月份都會舉行「萬年季」 包括 「鳳邑雙城會」， 讓大家認識左營舊城與鳳山縣新城的歷史淵源。

嘉義市

台南市

高雄市

左營舊城
鳳山新城

萬年季
迓火獅

鳳山縣新城遺跡

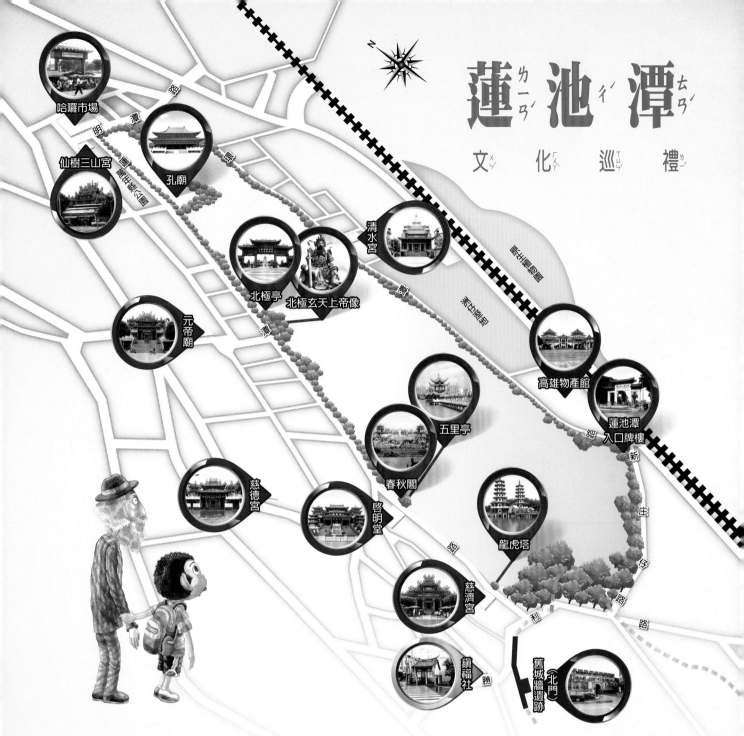

蓮池潭（ㄌㄧㄢˊ ㄔˊ ㄊㄢˊ）
文化巡禮（ㄨㄣˊ ㄏㄨㄚˋ ㄒㄩㄣˊ ㄌㄧˇ）

哈囉市場
仙樹三山宮
孔廟
清水宮
北極亭　北極玄天上帝像
元帝廟
高雄物產館
蓮池潭入口牌樓
五里亭
春秋閣
慈德宮
啟明堂
龍虎塔
慈濟宮
鎮福社
舊城牆遺跡（北門）

　　蓮池潭，高雄市左營區內最大的湖泊，夏天時荷花盛開，是著名的八景之一。清朝時期西元1686年建孔廟以蓮池潭為泮池。蓮池潭廟宇凝聚早期閩粵來台漢人移民的原鄉信仰情感：潮州人與客家人信仰三山國王（仙樹三山宮供奉）、泉州人信仰保生大帝（慈濟宮供奉）、漳州人信仰開漳聖王（舊治開漳聖王廟供奉，今已傾圮）。共同信仰為媽祖（慈德宮供奉）、土地公（鎮福社供奉）。除此之外，蓮池潭周圍還有其它各種廟宇共十餘座和教會。

哈囉市場

哈囉市場在蓮池潭旁邊，創建於西元1958年，西元1979年中美斷交前，美國海軍第七艦隊曾駐紮在左營軍港，所以經常到這個市場附近買東西，攤販不會說英文，為了做生意，就說「Hello！ Hello！」來打招呼，後來就叫這市場為「哈囉市場」也叫「兵仔市」。

龍虎塔

建於西元1976年的龍虎塔，為慈濟宮所有，分龍禪塔、虎禪塔，塔高七層，每層十二角。塔身與岸邊有「九曲橋」銜接，參觀時遵循「龍口進，虎口出」的順序，相傳可以消災解厄，大吉大利。

春秋閣

「春閣」及「秋閣」是中國宮殿式建築，建造於西元1953年，「春秋閣」為啓明堂所有，取自春閣及秋閣的合稱，四層八個面，各有九曲橋相通，又稱「春秋御閣」，是紀念武聖關公而建。春秋閣前端有一尊「觀音騎龍聖像」，相傳觀音菩薩曾騎龍顯象在雲端，指示信徒要在春閣與秋閣之間依其形象建造聖像，「觀音騎龍聖像」前半月池內有上千隻祥瑞之氣的烏龜。

五里亭

在春秋閣正後方，經過一座兩旁掛滿燈籠的橋，可見五里亭位於蓮潭中央，西元1978年興建完成，有兩層樓高，到達二樓能眺望整個蓮池潭風景。

北極亭

　　主要供奉北極玄天上帝，於西元 1995 年興建完工，為左營元帝廟與豐穀宮所有，神像聳立在蓮池潭岸邊，是目前東南亞最高的水上神像，廟宇高 72 公尺，手持七星寶劍長 38.5 公尺，被稱為天下第一劍。

榕樹氣根

　　氣根會從榕樹的枝幹長出，往地面上生長，遠看像老爺爺的鬍鬚，因此有人稱氣根為榕樹鬚，當氣根往下長到地面繼續深入土中，就會變成支柱根，可以支撐榕樹的枝幹及幫助吸收水分。

蓮花苞

蓮花在開花以前的型態，根莖生長或被種植在水底的淤泥中，朝水面上生長。

蓮花

蓮花，又稱荷花，伸出水面生長，蓮葉的形狀是圓形，蓮花的花瓣為橢圓形，開花期在每年 6 月到 9 月，果熟期是每年 9 月到 10 月，出淤泥而不染，常被拿來象徵「聖潔」。

隔代教養問題

　　隔代教養是社會快速變遷、高齡化、少子化、家庭結構改變所產生的情形，以偏鄉弱勢家庭居多。一般指父母離異、非婚生子女、棄養、犯法服刑、到外地工作、死亡等情況下，而由祖父母負責照顧小孩，所形成的家庭教育方式。

　　學校方面可以透過不間斷的學習加上課後輔導發展長才，協助他們找到自我價值、產生自信心，心理方面則需要社會大眾與同學們的關愛。在不服輸、榮譽感強的特質之下，只要學校、家庭、社會大眾給予更多的耐心和關懷，這些孩子將會表現的很出色。

給家長的話

　　希望可以透過這個故事讓小朋友體會有失就有得，我們怎麼知道，有些事物從我們的生命暫時或永久地失去，就代表不好呢，或許因此有意想不到的新收穫也說不定呢！

　　阿茂因為珍愛的錢包與錢被偷而感到沮喪大哭，相信這是一般小朋友很正常的反應，還好爺爺適時地安慰與化解，平撫了阿茂低落的心情，進而冷靜地處理問題，將損失降到最低，還從處理的過程中收穫了新的樂趣與經驗，無論結果如何，都能從中學習獲益。北宋文學家范仲淹在他的文章<岳陽樓記>中提出：「不以物喜，不以己悲」，意思是不為外物影響而高興，不因個人遭遇而悲傷。試著培養一種不被外在環境條件影響自己心情好壞的心態，才能冷靜地面對生活的各種突發狀況。

　　隔代教養的子女由於缺乏父母親的關愛，沒有安全感，通常比同儕早熟，很小就能意識到生離死別，常有情緒化的舉止想引起大人們的注意，防衛心強，與年邁的祖父母相處時容易產生代溝，受到委屈或心事無人可說的情況下，會有離家的行為，如果交到複雜的朋友，更可能染上惡習，而衍生社會問題。無論造成隔代教養的原因為何，情況允許之下，為人父母者再困難也應定期陪伴小孩，孩子要的是發自內心的關愛而非只是義務，祖父母的疼愛固然很重要，但父母親的愛永遠無法被取代。

　　生命中難免遇到不如意，當我們覺得自己很悲慘的時候，不妨看看我們擁有什麼，並且轉身去幫助更弱勢的人，不用做到「先天下之憂而憂，後天下之樂而樂」的高標準，只要能力所及，多給別人一些幫助與關懷，就不難發現其實自己還是很有價值而感到喜悅，世界也會因此變得更美好，有更多的愛。

阿茂的奇遇～與爺爺在蓮池潭的奇妙歷程

出版者●華文自資出版平台·集夢坊

作者·繪者●李育任

印行者●華文自資出版平台

出版總監●歐綾纖

副總編輯●陳雅貞　　　　　　美術設計●彭茹卿

責任編輯●蔡秋萍

台灣出版中心●新北市中和區中山路2段366巷10號10樓

電話●(02)2248-7896　　　　　傳真●(02)2248-7758

ISBN●978-986-89073-7-9

出版日期●2013年10月初版

郵撥帳號●50017206采舍國際有限公司（郵撥購買，請另付一成郵資）

全球華文國際市場總代理●采舍國際 www.silkbook.com

地址●新北市中和區中山路2段366巷10號3樓

電話●(02)8245-8786　　　　　傳真●(02)8245-8718

全系列書系永久陳列展示中心

新絲路書店●新北市中和區中山路2段366巷10號10樓　　　電話●(02)8245-9896

新絲路網路書店●www.silkbook.com

華文網網路書店●www.book4u.com.tw

跨視界·雲閱讀 新絲路電子書城全文免費下載

本書由著作人自資出版，委由全球華文聯合出版平台(www.book4u.com.tw)自資出版印行，並委由采舍國際有限公司（www.silkbook.com）總經銷

本書採減碳印製流程並使用優質中性紙 (Acid & Alkali Free) 與環保油墨印刷，通過碳足跡認證。

任誰　都可以　記憶生命的酸甜苦澀，
用紙張拓印　然後裝幀成靈魂，
讓書冊為你的存在響起掌聲。

寫書·出版·行銷專業教室

堅強授課陣容、堅強輔導團隊助你一圓出書夢。未來的作家、編輯、出版社長絕不能錯過的一門課

新絲路網路書店 www.silkbook.com　華文聯合出版平台 www.book4u.com.tw